ASSISTANCE FRATERNELLE.

CAISSE GÉNÉRALE

DE RETRAITES.

Prévoyance. Secours mutuels.

Pétition adressée à l'Assemblée nationale législative

PAR

Urbain FEYTAUD,

rédacteur en chef du *Courrier du Nord*.

VALENCIENNES.

IMPRIMERIE ET LITHOGRAPHIE DE B. HENRY.

Août 1849.

1849

L'honorable M. Corne, ancien procureur général près la Cour d'appel de Paris, et représentant du peuple (Nord), a bien voulu se charger de déposer cette pétition sur le bureau de l'Assemblée nationale, et d'appeler, sur les considérations et les idées pratiques qu'elle renferme, l'attention de la Commission de l'assistance publique, dont il est membre.

ASSISTANCE FRATERNELLE.

PÉTITION

ADRESSÉE A L'ASSEMBLÉE NATIONALE.

CITOYENS REPRÉSENTANS,

Permettez à un homme qui a long-tems partagé les travaux et étudié les besoins de la classe ouvrière, de porter aujourd'hui sa modeste pierre au grand monument d'amélioration sociale dont l'art. 13 de la Constitution a posé les bases.

Améliorer le sort des travailleurs, éteindre, ou du moins diminuer considérablement le paupérisme, ce n'est pas seulement faire une œuvre démocratique et fraternelle, c'est aussi donner aux principes d'ordre social les plus grandes et les plus sérieuses garanties. Le travailleur n'est inquiet, mécontent, et trop souvent accessible aux idées anarchiques, que parce qu'il ne lui a jamais été donné de posséder, ou même d'espérer la possession. Le travail, interrompu par la maladie ou le chômage, voilà son présent! La misère, et, comme suprême espérance, l'hôpital, voilà son avenir! Comment veut-on qu'en face d'une pareille perspective l'ouvrier sans éducation, sans guide, raisonne, patiente et se

moralise ? Mais donnez-lui seulement l'espoir que ses
vieux jours auront du pain et un abri assurés ; que ses
infirmités trouveront des secours et des soins ; faites-
lui comprendre qu'à défaut de la garantie impossible
d'un travail non interrompu, il peut trouver dans l'aide
de l'État, dans le concours fraternel de la société et
surtout dans sa propre prévoyance, le moyen de sup-
porter patiemment les chômages inévitables , et alors
vous le verrez sentir la nécessité de l'ordre et de la
stabilité ; devenir le plus ferme et le plus sincère con-
servateur d'une société dont il s'est cru jusqu'à présent
le paria, et dans laquelle il aura enfin , lui aussi, quelque chose à espérer , quelque chose à faire grandir ,
quelque chose à conserver. Voulez-vous apprécier, par
l'exemple , cette influence conservatrice de la possession ou de l'espérance , étudiez un peu la composition
et le caractère des partis , exception faite des chefs
ou des meneurs : l'homme qui possède, ou attend quelque chose pour son avenir des institutions établies, ne
fait d'ordinaire au pouvoir qu'une opposition pacifique
et constitutionnelle ; par intérêt ou par raison , il est
essentiellement homme d'ordre. Celui-là seul prête un
constant concours aux tentatives révolutionnaires ou
anarchiques qui n'a rien de positif à espérer de la
société.

La plus grande garantie de stabilité, surtout sous un
gouvernement démocratique qui a satisfait les besoins
politiques, se trouve donc dans la participation de tous
les citoyens à ce qui constitue la propriété ; aussi ,
dans l'impossibilité où il est de rendre tous les citoyens propriétaires, matériellement parlant , l'Etat
doit-il faire ses efforts pour remplacer cette possession
du sol ou du capital , par la possession, ou du moins
par l'espérance fondée de la possession d'un revenu ,
d'un avenir.

On reproche aujourd'hui avec quelque raison à certains projets d'assistance intéressée de vouloir assurer
l'ordre en enchaînant le prolétaire par l'appât d'une
aumône dégradante. Pourquoi ne pas arriver au même

résultat par un moyen plus noble et plus avouable, en transformant au moins une partie de l'aumône en propriété et en droit acquis par la prévoyance générale. Le prolétaire ne fera plus alors de l'ordre seulement pour ménager ceux qui lui promettent du pain , il en fera pour conserver et pour rendre meilleur le pain assuré à ses vieux jours par la société tout entière. Il ne sera pas votre obligé et votre serviteur intéressé dans la grande armée de l'ordre ; il sera votre allié volontaire. Il combattra comme vous , pour son bien , pour sa pension de retraite, pour son petit fonds de prévoyance , compromis par les crises et les mouvemens révolutionnaires.

Ainsi, le but et les moyens d'action des institutions qui doivent réglementer le sort des travailleurs peuvent-être résumés par ces mots : *Fortifier l'espérance en l'avenir, et stimuler la prévoyance du présent par un commencement de certitude.*

Pour parvenir à résoudre complètement un jour le grand problème de l'extinction du paupérisme, il ne faut ni s'effrayer des difficultés qu'il présente , ni les trancher toutes d'un seul coup, comme veulent le faire la plupart des écoles socialistes ; mais il est nécessaire d'ouvrir largement la voie, d'aborder prudemment et par des moyens différens les divers points principaux d'où doit partir l'amélioration générale.

Ces points principaux sont , en dehors des moyens actuels de bienfaisance : l'assistance en cas de maladie; l'atténuation des effets du chômage ; la pension de retraite assurée à l'infirmité et à la vieillesse.

Dans la plupart des projets d'assistance publique formulés jusqu'à ce jour, les pensions de retraite pour les vieillards ou les infirmes sont , ou mises de côté comme présentant de grandes difficultés, de graves inconvéniens, ou placées tout-à-fait en dernière ligne. L'étude sérieuse des besoins et des vœux de la classe ouvrière indique une marche toute contraire. La pension de retraite doit être la base principale du système, parce qu'elle seule constitue clairement pour le travailleur les élémens d'ordre et de prévoyance , c'est-à-dire l'espoir, l'avenir, la propriété.

Et ceci n'est pas une-considération purement hypothétique. Consultez les hommes qui ont vécu long-tems au milieu de la classe ouvrière , qui se sont consciencieusement attachés à étudier son caractère , ses désirs, ses besoins , ses défauts et ses qualités ; ils vous diront que chez l'ouvrier , quel qu'il soit, économe ou dissipateur, laborieux ou paresseux , la préoccupation la plus constante , la plus sérieuse est celle de la vieillesse et des infirmités. C'est que, pour ce tems-là, il n'y a plus d'espoir, plus de confiance, plus d'illusions possibles ; la misère sera bien réelle alors , car le secours des bras et de la santé ne sera plus là pour la conjurer. Si le travailleur prévoit facilement la maladie et le chômage, il lui est au moins permis , lorsqu'ils viennent, d'en espérer la fin ; mais la vieillesse, mais les infirmités sont toujours là , hideuses, menaçantes pour son avenir ; et la seule pensée philosophique qui puisse le détourner de cette vue est presque une pensée de suicide : *il a l'espoir de ne pas vivre jusque-là !*

Eh bien , supprimez cette fatale et désolante perspective ; faites que l'ouvrier puisse espérer en sa vieillesse ; assurez-lui, non pas la richesse , non pas l'aisance, mais le toît , le vêtement et le pain, et vous aurez fait naître ou réveillé en lui les sentimens qui constituent l'ordre et la prévoyance, et vous l'aurez porté à se garantir volontairement, de lui-même , contre les chances de maladie et de chômage ; et vous le verrez s'habituer insensiblement à l'économie, se complaire à grossir par la prévoyance la modeste pension que vous lui aurez assurée , comme le petit cultivateur aime à arrondir son champ, comme le petit propriétaire aime à rendre sa maison plus confortable.

N'écoutez donc pas, citoyens représentans, ceux qui ne voient dans les caisses de retraites qu'un moyen d'augmenter l'apathie et l'imprévoyance du travailleur ; ceux-là n'ont étudié que de malheureuses exceptions, et ne sont pas descendus au fond du cœur de la classe ouvrière.

Comme principe d'ordre et de moralisation, tout autant au moins que comme principe d'amélioration matérielle, une bonne loi sur l'assistance publique devrait donc s'occuper d'abord de la vieillesse, et assurer l'existence de tous les citoyens rendus incapables de travailler par l'âge ou les maladies.

Et il est bien de dire : *tous les citoyens sans exception*, car il ne peut plus y avoir d'exception devant le malheur, lorsque ce malheur est devenu irréparable ; car, à l'heure où la vieillesse et les infirmités sont arrivées, toutes les classes de la société viennent, grâce aux revers de fortune, aux dissipations, à l'imprévoyance, fournir leur contingent de misère à l'assistance publique.

La nécessité et la convenance d'éteindre le paupérisme en faveur des vieillards et des infirmes en général une fois admises, le moyen de parvenir à ce résultat ne sera pas difficile à trouver : ce qui peut profiter à tous dans une égale proportion doit être supporté par tous dans une égale proportion, et les plus pauvres pourront d'autant moins se plaindre de cette égalité de charges, qu'ils auront plus de chances d'en retirer le bénéfice.

Un impôt personnel, perçu sans distinction de sexes, devrait être spécialement affecté à former le fonds d'une caisse générale de retraites. Un centime et demie au plus par jour, payé par tous les citoyens âgés de plus de dix-huit ans, suffirait pour guérir cette partie si douloureuse de nos places sociales. Moyennant un centime et demie d'impôt, la vieillesse et l'infirmité ne peseraient plus si durement sur l'avenir du prolétaire; il lui serait enfin permis de vieillir et d'espérer !

Mais à côté de cette certitude d'un minimum strictement nécessaire, il faudrait placer la ressource de la prévoyance volontaire; il serait donc utile de créer encore une caisse d'assurance mutuelle et de survivance, ouverte à tous les citoyens, et qui servirait aux survivans une pension proportionnée à leurs mises. Pour encourager l'ordre et l'économie, cette deuxième pension, quel qu'en fût le chiffre, ne devrait pas diminuer les droits à la pension générale pour ceux qui rempliraient d'ailleurs les conditions nécessaires.

La retraite ainsi assurée par la société tout entière à tous les citoyens invalides, l'Etat pourrait laisser, en grande partie du moins, à la prévoyance volontaire des classes ouvrières et à la philantropie des classes aisées le soin de faire prospérer les sociétés de secours mutuels pour les cas de maladie et de chômage ; sociétés qui seraient fondées dans toutes les communes de France, sous la surveilance de l'Etat et la direction supérieure de l'administration générale de l'assistance publique. Cette administration pourrait être composée d'une direction générale à Paris, choisie par l'assemblée nationale ; de conseils cantonnaux et départementaux nommés par le suffrage universel.

Des impôts, que j'appellerais volontiers *impôts de moralisation*, perçus spécialement sur les établissemens dans lesquels le prolétaire va dépenser son *superflu*, c'est-à dire ce qui pourrait constituer ses économies, viendraient en aide aux caisses de secours mutuels, et permettraient surtout de diminuer les effets du chômage.

L'indemnité pour la maladie serait fixe et assurée; les expériences déjà faites prouvent que cette branche de l'assistance, organisée régulièrement sur une grande échelle, obtiendrait partout des résultats favorables.

L'indemnité pour le chômage varierait suivant les ressources de la caisse communale et serait déterminée par un jury pris parmi les sociétaires. Des bureaux de placement attachés à chaque société communale et correspondant entr'eux viendraient faciliter la reprise du travail aux sociétaires sans ouvrage.

Enfin, indépendamment d'une foule d'améliorations accessoires, introduites successivement, et qui seraient la conséquence naturelle de l'organisation de l'assistance fraternelle, l'institution devrait être complétée par la création dans chaque département d'un ou plusieurs établissemens destinés à recevoir les invalides admis à la pension de retraite.

L'assistance publique a deux grandes missions à remplir :

La première, qu'on peut appeler paternelle, prend le prolétaire à sa naissance, et le conduit successivement à la crèche, à la salle d'asile, à l'école primaire et à l'atelier d'apprentissage.

La seconde, celle dont j'ai voulu indiquer les principales obligations, protège le citoyen à son entrée dans la vie du travail, l'initie à la pratique de la fraternité, de la prévoyance, de l'économie, et éloigne de lui non seulement une grande somme de misères, mais encore le découragement, source principale d'inconduite dans la vie privée, de tentatives anti-sociales dans la vie politique. La certitude du repos au bout de la carrière du travail; l'espoir fondé de ne pas être à charge à la famille ou misérablement abandonné à la charité publique, suffiront pour opérer cette heureuse transformation morale.

Telle serait l'influence des pensions de retraite et des caisses de prévoyance sur le véritable travailleur; mais si l'on regarde encore plus au bas de l'échelle sociale, et si l'on veut bien remarquer qu'aujourd'hui le paupérisme prend presque entièrement sa source dans les infirmités et la vieillesse, il sera facile d'attribuer à cette influence une portée beaucoup plus grande. Ecoutez l'enfant, l'homme ou la femme valides qui vous sollicitent dans la rue : hors les tems de crise, où le manque presque général de travail crée une indigence exceptionnelle, vous les entendrez presque tous vous demander la charité pour leurs vieux parens infirmes. Vraies ou fausses, ces déclarations du mendiant prouvent toujours que la vieillesse et les infirmités, stimulans puissans de la bienfaisance, sont les grands prétextes du paupérisme. Du jour où la philantropie pourra prendre une direction plus régulière et plus certaine; du jour où le mendiant paresseux manquera de son meilleur argument, les souffrances de sa famille; du jour enfin où l'assistance ne laissera plus en dehors de son action bienfaisante que de malheureuses excep-

tions, rebelles aux lois de la fraternité et de la prévoyance , le problème sera bien près d'être résolu, et
le chômage, seule plaie qu'il ne soit pas possible aujourd'hui de guérir d'une manière radicale, disparaîtra
devant la double influence de l'assistance régulièrement organisée, et des idées d'ordre alors plus généralement répandues et plus aisément comprises.

Telles sont, Citoyens Représentans, les considérations
qui m'ont paru devoir présider à la rédaction d'une loi
sur les caisses de retraites et de secours mutuels ; il
me reste maintenant, pour les rendre plus saisissa-
bles , à vous les présenter sous la forme de la loi elle-
même , en les formulant en articles.

Projet de loi.

Titre Ier. — *Dispositions générales.*

Art. 1er. Il sera créé, sous la surveillance du gouvernement, la direction d'une commission centrale à Paris, et l'administration de conseils départementaux et cantonnaux, une *Administration générale de l'Assistance fraternelle*, comprenant, outre les institutions qui s'adressent à l'enfance et à la jeunesse :

1°. Une caisse générale de retraites pour les invalides civils des deux sexes.

2°. Une caisse générale de prévoyance volontaire et de survivance, servant également des pensions de retraites proportionnées aux sommes qui y auront été déposées.

3°. Des caisses communales de secours mutuels en cas de maladie et de chômage.

Titre II. — *Caisse générale de retraites.*

Art. 2. La caisse générale de retraites sera alimentée par un impôt personnel et direct de (100?) millions, perçu sans distinction de sexe sur tous les citoyens âgés de plus de dix-huit ans.

Art. 3. Tous les contribuables d'un même canton sont solidaires jusqu'à concurrence d'un quart en déficit de la cotisation totale du canton ; ils sont ainsi tous intéressés à ce que cette cotisation soit exactement payée par chacun d'eux, sauf les exceptions d'insolvabilité absolue restant à la charge commune.

Art. 4. La part contributive des sous-officiers et

soldats sous les drapeaux sera payée par l'Etat et versée dans la caisse du canton dans lequel le militaire aura élu son domicile après sa libération.

ART. 5. Les chefs de famille pour leurs femmes et leurs enfans encore mineurs, les chefs d'industrie et les agriculteurs pour leurs ouvriers, les chefs d'administration pour leurs employés et les maîtres pour leurs domestiques, sont responsables de l'impôt dû par ceux-ci. Ils devront au besoin en faire la retenue sur les salaires ou appointemens.

ART. 6. En principe, la contribution est égale pour tous ; néanmoins le conseil cantonnal de l'assistance publique pourra, sur l'avis des conseils municipaux et sauf approbation du conseil départemental, modifier la répartition de manière à dégrever en partie les familles trop nombreuses ou trop pauvres.

ART. 7. Les fonds provenant de l'impôt annuel sont divisés en deux parts distinctes : la première, composée du dixième brut de la recette, est versée par les agens des finances dans les caisses de l'Etat, pour former un fonds de réserve. La seconde, composant la masse de l'impôt, est mise à la disposition des commissions cantonnales pour le paiement des retraites.

ART. 8. Chaque canton a sa caisse particulière et se charge du réglement et du paiement des pensions de retraite accordées à ses habitans invalides. Le nombre et surtout le chiffre de ces pensions sont toujours proportionnés aux ressources de la caisse cantonnale.

ART. 9. Le fonds de réserve, composé du dixième brut de l'impôt, est destiné : 1º à combler le déficit existant encore dans certaines caisses cantonnales après la répartition entre les contribuables de la portion de ce déficit égale au quart de la contribution ; 2º à payer les frais généraux d'administration ; 3º enfin, à venir autant que possible au secours des cantons dont la caisse ne suffirait pas à solder les pensions de retraite légitimement acquises, et surtout celles qui auraient été définitivement réglées et déjà servies.

Art. 10. Tout citoyen incapable de travailler ou âgé de soixante-cinq ans peut faire valoir ses droits à la retraite.

Art. 11. Le maximum des pensions annuelles à accorder est fixé à 300 fr.

Pour avoir droit à ce maximum, il faut être âgé de 70 ans, ou mis avant cet âge par les infirmités dans l'impossibilité absolue de travailler ; enfin ne posséder par soi-même, ou par ceux auxquels on peut légalement demander des secours, aucun moyen d'existence.

Art. 12. Par une exception dont le but est d'encourager l'ordre et l'économie, il sera permis de cumuler la pension de la caisse générale avec celle de la caisse de prévoyance dont il est parlé plus loin, quel que soit d'ailleurs le chiffre de cette dernière pension, et pourvu qu'il soit la seule ressource du pensionnaire.

Art. 13. Dans le cas où le produit net de la caisse cantonnale ne serait pas suffisant pour servir toutes les pensions définitivement réglées, et qu'il ne pourrait être pourvu à cette insuffisance sur les fonds de réserve, les postulans derniers inscrits prendront rang sur un tableau, et arriveront, à mesure des extinctions ou de l'accroissement du budget cantonnal, à la pension qui leur aura été allouée.

Art. 14. Il sera créé dans chaque département un ou plusieurs établissemens dans lesquels les invalides civils pourront être admis moyennant l'abandon de leur pension de retraite.

Titre III. — *Caisse de prévoyance et de survivance.*

Art. 15. La caisse de prévoyance et de survivance est destinée à recevoir les épargnes de tous les ci-

toyens qui voudront s'assurer une retraite après un
tems déterminé, ou grossir celle qui leur sera accor-
dée par la caisse générale.

ART. 16. Les fonds de la caisse de prévoyance seront versés en totalité au Trésor, sauf une faible retenue pour couvrir les frais d'administration.

ART. 17. Des réglemens particuliers, faits par la
commission centrale de l'assistance, détermineront le
mécanisme de la caisse de prévoyance.

TITRE IV. — *Caisses de secours mutuels.*

ART. 18. Il sera fondé dans chaque commune une
caisse de secours mutuels destinée : 1° à *assurer* des
secours et des soins, *en cas de maladie*, à tous ceux
qui y participeront au moyen d'une cotisation hebdo-
madaire ou mensuelle ; 2° à donner, autant que possible, des secours en cas de chomage, ou à procurer
du travail aux sociétaires.

ART. 19. Les secours en cas de maladie seront déterminés et proportionnés au chiffre de la cotisation.

ART. 20. Les secours en cas de chômage seront in-
déterminés et proportionnés aux ressources de la
caisse.

ART. 21. Pour accroître les ressources des caisses
de secours mutuels, l'assemblée nationale pourra leur
attribuer le produit de certains impôts spéciaux, mis
sur les établissemens ou objets de consommation dont
l'abus nuit au bien-être, à la santé, ou à la moralisation de la classe pauvre.

ART. 22. Il sera attaché à chaque caisse de secours
mutuels un bureau de placement, où viendront s'ins-
crire les sociétaires sans travail et ceux qui auraient
du travail à donner. Ces bureaux seront autorisés à
correspondre entre eux en franchise de port.

Art. 23. Indépendamment de la surveillance et de la direction supérieure de l'administration générale de l'assistance fraternelle, les caisses de secours mutuels auront chacune leur administration spéciale.

Art. 24. Les réglemens des caisses de secours mutuels seront rédigés par leur administration spéciale et soumis à l'approbation de la commission centrale.

Titre V. — *Administration générale.*

Art. 25. L'administration de l'assistance fraternelle se compose ;

1°. D'une commission générale permanente séant à Paris, et nommée par l'assemblée nationale ;

2°. D'un conseil départemental dont les fonctions pourront être remplies par le conseil général du département ;

3°. De conseils cantonnaux permanens et spéciaux, nommés par le suffrage universel.

Art. 26. La commission générale organise et surveille toute l'administration de l'assistance publique, veille à la répartition du fonds de réserve entre tous les départemens, et dirige la caisse de prévoyance.

Art. 27. Le conseil départemental examine les décisions des conseils cantonnaux, approuve définitivement le réglement des retraites, et juge toutes contestations entre les citoyens intéressés, les autorités locales et les conseils cantonnaux ; il veille à la répartition du fonds de réserve entre les divers cantons du département.

Art. 28. Le conseil cantonnal dresse la liste des postulans ; examine leurs titres, prononce les admissions, sauf approbation du conseil général, règle et paie les pensions, dont il détermine le chiffre, et remplit généralement toutes les fonctions de jury, de direction et de surveillance nécessaires à la bonne administration cantonnale des diverses caisses.

Art. 29. Les fonctions de membres de ces divers conseils sont essentiellement gratuites. Les caissiers, secrétaires, inspecteurs ou autres employés nécessaires reçoivent seuls des appointemens prélevés sur le fonds de réserve.

—

Les idées fondamentales que je viens de poser sous vos yeux, Citoyens Représentans, sont sans doute très incomplètes, et demandent, pour constituer une bonne loi sur l'assistance fraternelle, d'être beaucoup mieux coordonnées et développées. J'ai lieu d'espérer cependant que vous trouverez dans leur ensemble et dans les appréciations qui les ont motivées des élémens suffisans pour arriver à une solution opportune et convenable du problème social que vous êtes appelé à résoudre.

Valenciennes, 9 août 1849.

Urbain FEYTAUD,

Rédacteur du Courrier du Nord, ancien compositeur d'imprimerie, l'un des fondateurs de la caisse d'épargnes de Nontron, et des caisses générales de secours mutuels de Périgueux et Valenciennes.